Félix Brassart

Fêtes populaires du XVIe siècle dans les villes du Nord de la France

Antigonos

Félix Brassart

Fêtes populaires du XVIe siècle dans les villes du Nord de la France

Réimpression inchangée de l'édition originale de 1871.

1ère édition 2024 | ISBN: 978-3-38813-064-4

Antigonos Verlag est une marque de Outlook Verlagsgesellschaft mbH.

Verlag (Éditeur): Outlook Verlag GmbH, Zeilweg 44, 60439 Frankfurt, Deutschland, info@outlook-verlag.de
Vertretungsberechtigt (Représentant autorisé): E. Roepke, Zeilweg 44, 60439 Frankfurt, Deutschland
Druck (Imprimerie): Libri Plureos GmbH, Friedensallee 273, 22763 Hamburg, Deutschland

FÊTES POPULAIRES

AU XVIᵉ SIÈCLE.

Extrait des *Souvenirs de la Flandre-Wallonne.*
tome XI, année 1871.

Tiré à part, aux frais du chevalier Amédée Le Boucq
de Ternas, ancien élève de l'Ecole des Chartes,
à 35 exemplaires, numérotés et paraphés.

N° 26.

FÊTES POPULAIRES

AU XVIᵉ SIÈCLE

DANS LES VILLES DU NORD DE LA FRANCE

ET

PARTICULIÈREMENT A VALENCIENNES

(1847 et 1848)

Publiées d'après les manuscrits de NOEL LE BOUCQ,
surintendant de l'artillerie, et de sire SIMON LE BOUCQ, écuier,
prévôt de Valenciennes,

PAR

FELIX BRASSART

DOUAISIEN.

DOUAI

LUCIEN CRÉPIN, ÉDITEUR

Imprimeur des Sociétés scientifiques et littéraires de Douai

FOURNISSEUR DE LA FACULTÉ DE DROIT

23, RUE DE LA MADELEINE, 23.

1871

FÊTES POPULAIRES

AU XVIᵉ SIÈCLE

Dans les villes du Nord de la France

Et particulièrement à Valenciennes:

Les amusements du peuple au temps jadis ont fait l'objet de plusieurs articles insérés dans ce Recueil (1); sous des formes diverses, nous avons fourni des matériaux pour l'étude des mœurs de nos aïeux; nous avons aussi évoqué le souvenir des joies bruyantes de l'ancien temps.

Voici encore des documents qui ne le cèdent point en intérêt aux précédents ; ils sont contemporains de cette époque de prospérité inouïe qu'avaient atteinte, au milieu du xvi⁰ siècle, les villes commerçantes de notre région, engendrant chez la bourgeoisie le goût des dépenses fastueuses et l'amour des récréations coûteuses. Ils sont tirés de l'ouvrage inédit de Simon Le Boucq, qu'on désigne ordinairement sous le titre d'*Histoire civile de Valenciennes*.

(1) Voir : *Les bannis de Douai et la franchise de la Saint-Pierre d'août*; p. 3 du T. Ier, 1861. — *Le nouvel an au temps jadis*; p. 1 du T. IV, 1864. — *Ducasses, kermesses et fêtes dans les Flandres au xviᵉ siècle*; p. 114 du T. V, 1865. — Etc.

Simon Le Boucq, écuyer, prévôt (ou maire) de Valenciennes en 1644, 1647 et 1651, mort en 1657, qu'on a justement surnommé l'*historien de Valenciennes*, nous est surtout connu par son *Histoire ecclésiastique*, qui a fait l'objet d'une publication magnifique éditée en 1844 ; mais l'infatigable archéologue valenciennois, qui consacra à l'étude et à la recherche des antiquités de sa chère cité tous les instants que laissait libres la direction des affaires municipales, a produit un grand nombre d'œuvres qui sont demeurées inédites (1); parmi celles-ci la plus considérable est sans contredit l'*Histoire civile*, à laquelle nous avons emprunté les documents que nous publions, grâce à l'obligeance éclairée de notre collègue M. Amédée de Ternas, qui aime à mettre en lumière les trésors de son cabinet, au lieu de les cacher soigneusement au public comme tant de collectionneurs inintelligents.

Le manuscrit qui nous a été communiqué est une copie faite en 1687, par Pierre-Joseph Le Boucq de Camcourgean, sur l'original écrit tout entier de la main de Simon Le Boucq et conservé aujourd'hui dans la Bibliothèque communale de Cambrai. Nous pouvons donner l'assurance aux curieux que la publi-

(1) Voir la longue liste des œuvres de Simon Le Boucq, pp. 257 à 268 de la *Notice biographique, littéraire et généalogique sur la famille Le Boucq*, par M. Amédée Le Boucq de Ternas, insérée à la suite de l'*Histoire des choses les plus remarquables...*, 1596-1674, de Pierre Le Boucq, gentilhomme valenciennois; Douai, 1857.

A cette liste, il faut encore ajouter, d'après un passage du manuscrit qui nous occupe en ce moment, une *Histoire de Cambrai*, écrite en 1615; l'auteur n'avait alors que 25 ans.

cation de l'*Histoire ecclésiastique* n'a nullement diminué l'importance de l'*Histoire civile*, dont la mise au jour rendrait un service signalé aux amateurs de nos antiquités locales.

Bien que Simon Le Boucq ait écrit durant la première moitié du xviie siècle, nous avons annoncé plus haut nos *Fêtes populaires du* xvie *siècle* comme un document contemporain. Cette assertion demande quelques explications ; les voici :

En divers endroits de son ouvrage, notamment quand il s'occupe de la première moitié du xvie siècle, l'historien de Valenciennes indique parmi ses sources les *Mémoires* laissés par son aïeul Noël Le Boucq, surintendant de l'artillerie du roi en la ville de Valenciennes. Or Noël fut en son temps le grand organisateur des fêtes valenciennoises ; ce fut lui qui, vers 1520, institua l'ordre du Chapelet de Notre-Dame de le Sauch, *gentille* récréation sur laquelle nous appellerons peut-être un jour l'attention de nos lecteurs ; vingt ans après, c'est encore lui qui organise les cérémonies de l'entrée de Charles-Quint et des enfants de France à Valenciennes l'an 1540. Noël Le Boucq était un véritable artiste ; il donna les plans et les dessins des arcs de triomphe, des tableaux, des statues, des fontaines élevés dans la ville à l'occasion de la fête ; ce fut lui aussi qui composa les inscriptions en l'honneur de l'empereur et de ses hôtes. Son fils et peut-être son élève, Jacques Le Boucq, créé héraut d'armes sous Charles-Quint, lieutenant-Toison-d'Or sous Philippe II, mort en 1573, considéré comme le père de l'art héraldique dans notre contrée, s'acquit un grand renom non seulement comme miniaturiste et peintre d'armoiries, mais aussi comme peintre de portraits, ainsi qu'en témoignent ces vers de son épitaphe :

Car de peindre eut tel art qu'en mille et mille traits
Fit les hommes revivre en ses divins portraits.

Le culte des arts était donc traditionnel dans cette famille ; aussi avait-elle sa sépulture dans la chapelle de Saint-Luc, patron des peintres, en l'église de Notre-Dame-la-Grande à Valenciennes (1).

En combinant la date de la mort de Noël Le Boucq, avec certains épisodes de la révolte des Valenciennois contre Philippe II, terminée à la prise de la ville par les troupes royales, le 23 mars 1567 (nouveau style), on était arrivé à faire de Noël l'un des chefs de la rebellion ; sa mort seule, a-t-on dit, l'aurait sauvé de la vengeance espagnole. Or, l'erreur est trop flagrante pour que nous ne saisissions pas l'occasion de la relever. Noël Le Boucq mourut, ainsi que le constate son épitaphe, le 16 mars 1567 ; mais eu égard à la manière de compter alors, en ne faisant commencer l'année qu'à Pâques, le 16 mars 1567, selon le vieux style, correspond au 16 mars 1568, selon le style moderne et la manière actuelle de compter. Noël vécut donc un an environ après l'entrée des troupes royales dans la ville rebelle.

Voici du reste des renseignements qui ne permettent pas de douter de son attitude pendant que Valen-

(1) Pages 241 à 246 de la *Notice* précitée.

ciennes fut au pouvoir des protestants ; ils sont tirés de l'*Histoire civile* elle-même de Simon Le Boucq.

En 1566, le 23 août, lors du brisement des images, Noël Le Boucq, lui troisième, défend pendant quelque temps l'église de Notre-Dame-la-Grande contre les sectaires iconoclastes, et finalement, n'ayant pu la sauver, se transporte à l'Hôtel-Dieu, seule maison de toute la ville qui fut préservée « par la bonne garde et défense qu'il y fit. » — Ce qui fut consigné en l'information judiciaire tenue postérieurement sur les attentats de cette journée. (*Hist. civile*, II, p. 128.)

Si Noël, alors septuagénaire, n'émigra point durant la révolte, comme firent un petit nombre de Valenciennois, il est certain qu'il la désapprouvait hautement, et que bien loin de l'encourager, il travailla à la faire cesser.

En effet, comme il avait été l'un des quatre notables (le second après le prévôt ou maire) députés le 14 mars 1567 par le Magistrat vers le comte d'Egmont et le duc d'Aerschot, pour traiter de la soumission de la ville au roi, on voit le lendemain ces députés, dans le rapport du résultat de leur mission, fait au peuple assemblé, conseiller de se soumettre ; ce qui bien entendu fut repoussé. Retournés vers les seigneurs, les députés revinrent apportant encore les mêmes conditions. (Id., p. 142.)

Le 15 mars 1567, à une autre conférence qu'eurent à Beuvrages les députés valenciennois avec les deux seigneurs envoyés par la Gouvernante, le prévôt de la ville de Valenciennes, sire Pierre Rasoir et Noël Le

Boucq se jettent aux genoux des seigneurs, les suppliant qu'ils leur permettent de se retirer en lieu sûr, « sans rentrer en la ville, afin de n'estre entremeslés avec ces misérables rebelles. » L'un des deux seigneurs prit par la main Noël Le Boucq, « duquel il avoit très-bonne connaissance à cause de la charge qu'il avoit de l'artillerie de Sa Majesté, » et lui dit : « Ne faites ici beaucoup de bruit. Retournez hardiment en la ville. Je vous promets qu'à vous ni à vos semblables ne sera fait aucun tort. » Promesses qui fut tenue après la reddition de la ville. (Id.)

Lui et les autres commis à l'artillerie de Sa Majesté à Valenciennes protestent, le 17 mars 1567 (1), devant le Magistrat, contre l'intention manifestée par le peuple de s'emparer des munitions confiées à leur garde, et remontrant « qu'ils ne vouloient être rebelles ni désobéissants à Sa Majesté. » Le même jour, l'arsenal fut forcé par le peuple. — Enfin, le 19 mars, nouvelle protestation des mêmes contre la conduite du peuple, qui employait les munitions à la défense de la ville contre les troupes royales. (Id., pp. 146 et 147.)

Le siége, qui jusque là avait été traîné en longueur, à cause de l'espoir que la cour de Bruxelles fondait sur les négociations, ne commença réellement que le 17 mars ; la ville se rendit le 23 !

Il est donc certain maintenant que Noël Le Boucq,

***

(1) Nous appelons l'attention sur ces dates du 17 et du 19 mars 1567 (nouveau style) ; il est donc de toute évidence que Noël Le Boucq ne décéda pas le 16 mars 1567 (nouveau style).

d'ailleurs, zélé catholique, ne se mit point en contradiction flagrante avec lui-même, en soutenant une révolte ouverte contre la religion de ses pères et contre le pouvoir royal (1). Agé d'environ 77 ans, il s'éteignit en sa ville natale, alors en proie aux terribles vengeances du vainqueur ; il avait eu la douleur de voir arrêter, quelques jours après la reddition de Valenciennes, plusieurs de ses proches parents, mais surtout son fils Roland, riche négociant, membre du Consistoire, c'est-à-dire l'un des chefs de la rebellion, qui fut décapité quelques jours après la mort de son père, le 19 mars 1568 (2).

Mais laissons-là ces lugubres histoires et cette triste

(1) On nous objectera peut-être que dans une liste des biens appartenant aux personnes compromises durant les Troubles, dressée vers 1 9, en vertu des ordres du duc d'Albe, par les autorités locales de la prévôté de Bavay, un « Noël Le Boucq, bourgeois de Valenciennes, » figure pour des biens situés à La Longueville. (Delhaye. *Bavay et la contrée qui l'environne;* Douai, 1869, p. 422. D'après des registres de la Ch. des Comptes, à Lille.)

Mais nous ferons observer que des ordres avaient été sans doute donnés pour *annoter* les biens appartenant à tous les Valenciennois sans distinction, à cause du décret qui les avait déclarés rebelles en masse; sauf, bien entendu, à examiner la conduite de chacun. Cela résulte notamment d'une déclaration des gens de Hon et de Tesnières, qui tout en enregistrant les biens possédés dans ces localités par trois Valenciennois, certifient que pendant le siége, ceux-ci étaient absents de la ville, et q e, par conséquent, ils ne peuvent être considérés comme rebelles. (Id., p. 421.)

D'ailleurs en 1569 notre Noël Le Boucq, étant mort, peut-être s'agit il de l'un de ses fils, prénommé aussi Noël, cité en 1571 dans le testament de son frère Jacques, le héraut d'armes. (Voir *Notice* précitée sur la famille Le Boucq, p. 273.)

(2) Page 277 de la *Notice* précitée.

L'*Histoire civile* de Simon Le Boucq renferme sur l'époque des Troubles des renseignements pleins d'intérêt.

époque, pour nous reporter au joyeux temps où Noël Le Boucq mettait au service de ses concitoyens ses talents d'artiste et son goût d'homme lettré. Nous sommes en l'année 1547, lorsque Lille, Tournai, Valenciennes s'entendent pour remettre en honneur les anciennes fêtes appelées *principautés de plaisance;* en 1548, quand c'est le tour des Valenciennois d'offrir la fête à leurs voisins. Quel autre que Noël, l'organisateur de la solennité de 1540, pouvait mieux ordonner la *Principauté*, afin de faire honneur à la ville? Quel autre que lui, qui aimait à consigner par écrit ce qui intéressait sa chère cité, a pu conserver le souvenir de ces joyeusetés? Aussi est-ce, nous n'en pouvons douter, dans les notes de son aïeul, qualifiées peut-être un peu prétentieusement de *Mémoires*, que Simon Le Boucq a puisé, avec tant d'autres particularités concernant cette époque, les récits et les descriptions que nous publions en les faisant précéder d'une courte analyse.

I. Les fêtes populaires, appelées *principautés de plaisance*, étaient d'institution très-ancienne ; en temps de paix, elles se suivaient d'année en année et se célébraient, durant la belle saison, tantôt dans une ville, tantôt dans l'autre, en quelque sorte à tour de rôle. Depuis de longues années, elles n'avaient pû avoir lieu à cause des guerres qui affligeaient le pays, lorsque les Lillois prirent en 1547 l'initiative de les remettre en honneur. Chaque ville s'empressa alors de nommer son *prince*, dont la mission était de donner « les ordres à tout, soit pour recevoir ceux des autres villes, ou bien y aller. » Ce personnage s'appe-

lait anciennement à Lille *Prince de Fol* ou *des Fous*,
titre qui fut changé dès cette année 1547 en celui
de *Prince d'Amour*. A Valenciennes, le Magistrat
élut un *prince de plaisance*, « lequel acceptant ladite
charge, promit de s'en acquitter deuement. ».

La fête de Lille, qui eut lieu un dimanche, en
juillet, fut très-brillante ; là se montrèrent cent cinquante cavaliers valenciennois, vêtus de « sayons
violets bordés de noir » en étoffes de velours, quelques uns en satin, suivis des porteurs-au-sac ou
portefaix de Valenciennes, qui avaient élu l'un d'eux
pour chef ou *prévôt* ; on remarquait aussi *Poufrin*,
prévôt des *Cocquins*, monté sur un cheval « accoûtré
selon l'état de sa *Cocquinerie*, » c'est-à-dire « bardé
de verges, de cartes et de dés. »

La même année, Tournai donna sa fête ; mais, à
l'approche de cette nouvelle solennité, le *prince* qui
venait de conduire les Valenciennois à Lille, donna sa
démission, perdant ainsi « par un déport fait mal à
propos, tout ce qu'il avait acquis d'honneur » précé-
demment. Jacques Sanglier, notable bourgeois et
riche, bien entendu, ne nous paraît pas avoir eu le
goût des honneurs ruineux ; à Lille, il était vêtu de
velours, quand des gens de sa compagnie portaient du
satin ; aussi ne peut-on se méprendre sur les raisons
qui l'ont décidé à encourir alors l'impopularité. On
lui donna pour successeur un échevin, Quentin Coret, natif de St-Ghislain, qui, en deux jours, trouva
moyen de faire bonne figure à son entrée dans
Tournai.

A cette fête, il eut pour lieutenant le *Prince de l'Estrille*, personnage représenté par Pierre Le Boucq, vêtu d'un « sayon de velours cramoisi, et son cheval houssé et harnaché de même. » Simon Le Boucq, pour qui les souvenirs domestiques étaient chose précieuse, aime à rappeler, d'après les notes manuscrites de son aïeul, que, déjà à cette époque, sa famille brillait à Valenciennes. « Jean, Pierre, Noël et Jacques Le Boucq, frères germains, membres de la confrérie des *damoiseaux* ou *royés* de Valenciennes en 1531, portaient ordinairement à eux quatre la *fierte* ou châsse de la confrérie aux processions. Leurs armes se voyaient sur la châsse faite en 1531. » *Hist. Eccl.*, p. 19. On n'admettait dans cette confrérie que des *damoiseaux*, personnages notables, bourgeois ou fils de bourgeois. *Hist.*, p. 16.

Le prince de l'Estrille, Pierre Le Boucq, fils de Pierre, était neveu de Noël, le surintendant de l'artillerie ; nous en reparlerons tout à l'heure.

II. En la même année 1547, eut lieu à Valenciennes une représentation théâtrale en *vingt-cinq journées ;* des bourgeois notables *représentaient en action* la vie et la passion de Jésus, sur un théâtre élevé en l'hôtel du duc d'Arschot, gouverneur de la ville. L'évêque de Cambrai avait eu soin de faire visiter par ses théologiens *tous les vers* que recueillit un curieux du temps (ne serait-ce pas encore Noël Le Boucq ?) en *un bien gros volume.* L'entrée était fixée à 6 deniers tournois par personne et la recette des 25 journées s'éleva à 4,680 livres 14 sols 6 deniers.

III. Pourquoi la fête de Saint-Christophe, qui tombe le 25 juillet, était-elle célébrée de toute antiquité à Valenciennes par de dégoûtantes saturnales? Les raisons qu'on cherchait à en donner n'avaient rien que de *frivoleux* et le spectacle qui s'offrait était révoltant ; les étrangers ébahis à cette vue « croyaient fermement que le peuple était devenu fou. » Ce que nous en savons justifie pleinement la mesure prise en juillet 1547 pour abolir ces énormités.

IV. C'est enfin le récit détaillé de la principauté de plaisance célébrée à Valenciennes, suivant les antiques usages, le dimanche 13 mai 1548. La fête a été annoncée à l'avance par Francquevie en personne, le héraut de la ville, aux prélats et gentilshommes voisins ainsi que dans les villes à la ronde.

Le samedi, veille du grand jour, c'est déjà fête ; l'après-midi est consecrée à la réception des arrivants, au-devant desquels se porte le prince de plaisance avec nombreuse compagnie, où l'on remarque Jacques Le Boucq, fils de Noël, « jeune homme à marier, » qui remplaçait, comme prince de l'Estrille, son cousin germain, Pierre Le Boucq, « qui estoit sur le sainct voyage de Jérusalem. » C'est ce même Pierre Le Boucq qui voyageait en seigneur *avec son chapelain*, lequel, au retour, écrivit une relation de voyage que gardait soigneusement l'historien de Valenciennes. Pierre était à double titre et par sa femme Marie Herlin et par sa sœur Jeanne Le Boucq, beau-frère du *richissime* Michel Herlin, le chef et la victime de la rebellion valenciennoise de 1567. Il eut pour gendre le célèbre peintre flamand, Martin De Vos (1).

Quant à Jacques Le Boucq, le futur héraut d'armes, alors prince de l'Estrille par intérim, il s'avançait à la tête de cinquante hommes à cheval, « vêtu d'un sayon de velours cramoisi, figuré et bordé de passementeries d'or ; son cheval, houssé de pareil velours semé d'étoiles d'or relevées en broderie. » Le guidon de sa compagnie, de taffetas vert, portait cette devise : « De bonne amour le boucq maintient l'estrille. »

Puis venait, derrière une brillante troupe de 90 cavaliers, le prince de plaisance, « vêtu d'un sayon de toile d'or et le pourpoint de satin jaune; son cheval houssé de pareille toile d'or avec blanches panaches; » quatre laquais à la livrée de satin violet ; ses deux fils, qui figuraient ses pages, revêtus de satin blanc. Son guidon était aux armes de la ville. Enfin, il avait pour la garde de sa personne et pour archers de corps, « comme de toute antiquité avait été, » les archers de Sainte-Christine, au nombre de 26 à cheval, commandés par leur capitaine Jean du Joncquoy.

C'est en ce fastueux équipage que le prince de Valenciennes alla *bienveigner* celui de Condé et ses 50 cavaliers; le *prince de Condé*, toujours d'après l'antique cérémonial, faisait le premier son entrée dans la ville. Ce fut ensuite le tour des *Tost-Tournés* d'Hasnon, qui fournirent le nombre considérable de 86 cavaliers, tandis que Raismes ne donnait que 18

(1) Page 275 de la *Notice*.

piétons, s'avançant le rameau vert à la main, « manifestant être veneurs. » Puis vinrent les Lillois, en tête desquels marchaient les *sayeteurs* (faiseurs de sayes, tailleurs), ensuite les bouchers à cheval, les porteurs-au-sac suivant à pied, tous vêtus de rouge ; quarante-deux cavaliers, richement équipés de couleur orange, formaient la compagnie de l'Estrille et quarante-huit autres, vêtus de bleu, la bande du *Prince d'Amour*. Les Tournaisiens vinrent au nombre de 60, précédés de 58 piétons. Encore entrèrent en ville : cent cavaliers de la ville d'Ath, les *Estourdis de Bouchain* formant une troupe de 72 hommes à cheval, les *Cornuyaux de Douchy*, au nombre de 24, ayant pour capitaine le fils de leur seigneur, et 54 cavaliers arrivés de Denain ; enfin l'*abbé du plat d'argent* du Quesnoy, dont la petite troupe (comme on le verra) eut un grand succès, « donnant à son entrée plus de récréation que tous les autres ».

Signalons aussi la venue de vingt bourgeois de Reims, attirés par la renommée de cette fête ; les Valenciennois voulaient les recevoir avec les mêmes honneurs que s'ils eussent été leurs voisins et amis ; mais les Rémois ne le souffrirent pas. Toutefois ils prirent part au grand banquet du lendemain.

La soirée du samedi se termina par des *farces* et *comédies* jouées sur la Grand'Place devant l'hôtel du prince de Valenciennes, qui donnait à chaque acteur un cigne d'argent, emblême municipal. Les jeux durèrent jusqu'à deux heures de la nuit, avec un ordre parfait.

Le dimanche, à 9 heures du matin, les diverses compagnies vont en bons catholiques entendre la messe dans les nombreuses églises de la ville ; c'est à l'abbaye de St-Jean que se rend en grand apparat le prince de Valenciennes, tenant à la main un bouquet de fleurs, au bruit des carillons de toutes les églises et même des *appeaux* de l'horloge municipale ; tandis qu'il va à l'offrande, les hautbois jouent mélodieusement.

Après le diner qui s'est fait sans apprêt, sauf pour le prince qui a été invité chez un seigneur de la ville, les jeux recommencent sur la grand'place et chaque acteur reçoit du prince un lion d'argent, autre emblême municipal.

Mais, le grand intérêt du jour, c'est le souper d'honneur qui se fait en la Halle aux laines, avec un déploiement inimaginable de luxe et de richesse. *Cinq cent soixante deux personnes* prennent place à table, ayant chacune devant elle deux *vaisseaux* (verres) d'argent, l'un pour le vin, l'autre pour la bière, tandis que dans une autre chambre encore mangent les serviteurs. C'est le *prince* qui a la place d'honneur ; à ses côtés sont ses invités, prélats, prévot (ou maire) en exercice, prévôts anciens, chevaliers et gentilshommes. La cérémonie se termine par une sorte d'hommage que les chefs étrangers viennent lui rendre, les uns après les autres.

Le départ s'effectue dans l'après-midi du lundi, avec le même cérémonial qu'à l'arrivée. A la porte, le prince fait jeter des pièces d'argent toutes neuves et le peuple crie : « Largesse ! Largesse du prince de Valenciennes ! »

Notons encore un incident survenu le grand jour, qui est bien dans l'esprit méticuleux de l'époque. C'est le moment de partir pour accompagner le prince de plaisance au banquet solennel ; on se met en marche dans un ordre indiqué d'avance. A l'appel de leur nom les gens de Bouchain et de Condé refusent de marcher, se plaignant de ce qu'on les appelait après les gens d'Hasnon, tandis que de toute antiquité ils marchaient après Tournai et Lille. Le narrateur blâme sérieusement le héraut de la ville, qui n'avait pas pris égard aux ordonnances anciennes, « mais qui s'était réglé suivant son caprice. » Le Magistrat délivra aux réclamants ce qu'on appelait alors un acte de non préjudice ! « avec quoi ils se contentèrent. »

Quand on sût, de compte fait, ce que cela coûtait d'être prince de plaisance, on trouva que l'ancien avait été prudent en se retirant « avant attendre ce coup ; » on reconnut que ce n'était après tout qu'une dépense fort inutile.

A ces réflexions, le narrateur en ajoute d'autres d'une nature plus grave. Dans ces fêtes on avait pu constater avec quelle faveur la foule accueillait les plaisanteries et les attaques dirigées contre le clergé, qui alors, il faut bien le dire, y prêtait le flanc par ses mœurs relâchées et ses déplorables habitudes. Au milieu de cette joie, de ce faste, c'est là l'ombre au tableau ; l'on se prend à songer à Philippe II, aux bûchers, aux proscriptions, aux guerres qui vont bientôt amener la ruine au lieu de ce faste et changer en gémissements ces clameurs joyeuses.

F^x. B.

I.

Les Principautés de Plaisance remises sus en aulcunes villes.

(1547).

De touttes anciennetées lorsque les pays florissoient en paix, plusieurs villes de ces provinces faisoient, tous les estées, des récréations, triumphe fort considérables pour s'entretenir avec leurs voisins en bonne et parfaicte amitiée, aiant en chaque ville où cecy se praticquoit un Prince, lequel donnoit les ordres à tout, soit pour recepvoir ceux des aultres villes, ou bien y aller, ainsi que le cas le requéroit, et ceste feste solemnelle qu'on appelloit *Principauté* se tenoit ordinairement en temps susdite le dimanche après l'Ascension de N^{re} Rédempteur. Et comme les guerres passées et les misères survenues avoient faict mectre en oubliance tout cecy, ceux de Lille, de Tournay, voiant le pays en tranquilité, délibérèrent de remectre sus icelle feste en l'an 1547.

Et estant ceux de Vallenc^s insinués de s'y trouver comme de coustume, le Conseil particulier dénomma pour estre *Prince de Plaisance* de ladite ville *Jacques Sanglier*, fils de *Pierre*, originaire d'icelle, lequel acceptant ladite charge, promeit de s'en acquiter deuement. Et estant signifiés pour comparoistre à

Lille le dimanche deuxièsme (1) du mois de jullet de
la susdite année, pour estre au triumphe et festin du
Prince de ladite ville, appellé le *Prince de fol* (mais
depuis ceste journée il la changa et s'appella le *Prince
d'amour*), il parta dudit Vallenc⁸ en très bel esquipage, estant vestu d'un saion de velourd verd, monté
sur ung cheval bayard harnaché de mesme. Il estoit
accompagné de plusieurs bourgeois et marchans, tous
à cheval jusques au nombre de cent et cinquante et
accoustrés d'une parure, à sçavoir des sayons violet
bordé de noir, les uns les aians de velours et les aultres de satin. Et avoit icelui prince pour sa devise :
Sanglier remect en bruict Dame de Plaisance,
laquelle estoit portée devant luy le hérault dudit
Vallenc⁸. Le susdit prince fut suivi des porteurs-au-
sacq, tous vestus de rouge, lesquels pour leur chef
et conducteur avoient esleu l'un d'entre eux, qu'ils
intitulèrent du nom de *Prévost*, et allèrent iceux tous
à pied. Par après marchoit *Poufrin, prévost des
Cocquins*, lequel estoit à cheval et estoit accoustré selon l'estat de sa Cocquenerie, aiant sondit cheval bardé
de verges, de cartes et de dez, et toute sa compagnie
de Cocquins estoient habillés de robbeties de cannevas
bordés de noir, aiant au meilleux d'eux une bande-
rolle fort grande.

Toutte la compagnie fut fort bien receu de ceux de
Lille et y acquirent beaucoup d'honneur. Mais le
susdit Jacques Sanglier perda peu après tout ce qu'il
en avoit acquis par un déport mal à propos qu'il feit

(1) Erreur. En 1517, le 2 juillet tombait un samedi.

de sadite charge de Prince, environ deux jours après
la feste qu'on aloit tenir à Tournay, de sorte qu'il
convint pourvoier la place à ung aultre, et fut
donné à *Quintin Coret*, lors eschevin dudit Vallencᵉ,
natif de St-Ghislain, lequel ne manqua de soy trouver audit Tournay au jour assigné, en très-bel esquipage, vestu d'une casaque de velour noir semée d'estoilles d'argent en broderie, et fut iceluy accompagné
du *Prince de l'Estrille* de ladite ville, appellé *Pierre
Le Boucq* lequel estoit vestu d'ung sayon de velour
cramoisie et son cheval houssé et harnaché de mesme,
aiant grand nonbre de suivans tous accoustrés de couleur verd avec une bande de noir sur le tout. Si furent
aussy de plusieurs curieux qui tous furent aussy le
très bien venu audit Tournay, feirent de mieux en
leur entrée dans ladite ville.

De ces festes en parlerons incontinent plus am-
plemᵗ, lors qu'on la tint en ceste ville de Vallencᵉ,
cause que n'en dirons icy aultre chose.

II.

Représentation de la vie et passion de Nʳᵉ Sauveur.

(1517.)

Ce fut aussi en ceste année que plusieurs notables
bourgeois dudit Vallencᵉ représentèrent par actions la
vie, mort et passion de Nʳᵉ Sauveur et Rédempteur
Jésus-Christ. Commença aux festes de Pentecostes et
dura vingt-cinq journées, le tout représenté en la
maison de hault et puissant prince *Phlᵉ de Croy, duc*

d'Aschot, gouverneur de ladite ville, laquelle estoit où sont à p^nt logés les R. P. Chartreux, aiant tous les vers esté visité auparavant par aucuns docteurs et théologiens à ce députés par messire *Robert de Croy,* évesque et duc de Cambray. De vous les respondre icy au loing, com^e aussy de touttes les richesses et industries qui se rencontrèrent, ce m'est une chose impossible, parce que pour cela seulem^t il convint avoir un bien gros volume, com^e se peut veoir par le recoeuil qu'en at faict aucun curieux de ce temps. Je vous diray seulem^t que tous ceux et celles qui désireroient veoir ces actions donnoient pour y entrer six deniers t^s chacun seulem^t, et se trouva la recepte qu'on en feit les susdits xxv journées à la somme de quatre mil six cent quatre-vingt livres quatorze sols six deniers t^s. Considéré le nombre des spectateurs qu'il y peut avoir eu.

III.

La deffence qu'on feit à Valenciennes de ne plus faire les récréations du jour St Chrestophe.

(1547.)

Ceste mesme année, au mois de jullet, fut défendu, sur grosse peine, de ne plus faire les récréations qui se souloient faire de toute l'ancienneté en ladite ville de Vallenc^s, le jour de St Christophre et plusieurs suivans, esquels se commectoit plusieurs débauchem^s, folies, noises et plusieurs choses mal séantes, voire telles que les estrangers passans ou logeans en icelle

ville, voyant cela, croioient fermement que le peuple
estoit devenu foux. Elle commençoit ordinairement
par des bancquets publicques sur les rues, de
ruaiges (1) en ruaiges, principalement du soir, et passoient bien souvent la nuict, faisans des grandes et
excessifs fraix, non seulement ung jour, mais plusieurs, et estans eschauffés de vin faisoient récréations
ou bien des querelles. Aucuns ruaiges exposoient des
pris pour ceux qui y viendroient faire quelques jeux
ou comédies. Aultres par mocqueries faisoient ou re-
présentoient des bancquets ou nopces, faisant ceux
élection du plus laid facicieux homme qu'ils pou-
voient rencontrer en leur ruaiges et l'accoustroient le
plus sallement et manière plus provocant à rire qu'il
estoit possible, en habit de femme ou dame de nopce,
à laquelle tous les principaux ruaiges de la ville ve-
noient apporter présens, et n'y avoit aucun du ruaige
où cela se faisoit exempt, ains un chacun pauvre ou
riche estoit contraint, sur bonne amende, de venir à
la Dame au bancquet. De ceste sorte de folie eurent
jadis le prix ceux de la rue des Anges. Aultre ruaige
tenoient franche feste, estaplans (2) toute sorte de
mercenerie en leur rue, dont le plus vil bouctique em-
portoit le joiaux. Si aucunes faisoient du sage, ne se
voulant trouver et contribuer à ces folies, on asiégeoit
sa maison jusque à les contraindre de se rendre et
faire ce qu'ils trouvoient bon luy ordonner. De plus
on voioit joustes et esbatemens sur la rivière d'Escault,

(1) *Ruage*; une grande rue ou un quartier de ville.
(2) *Etalant,* exposant en vente.

qui estoit le plus plaisant et récréatif à veoir. D'ailleurs on voıeoit des *Passe-Temps* et *Campagnie de Balourze* et des *Dames-Oiseuses*, qui estoit fort ridicule à veoir.

Tout cela passoit, mais les insolences gastoient tout. On voioit les femmes aiant le vin en teste se rassembler de nuict par grande bande, faisans l'insensez, n'aians en leurs paroles et gestes aucun respect à leur sexe, condition ni honneur, et s'y passoient des choses fort estranges que je laisse en arrière. D'ailleurs plusieurs ne voulans cognoistre jeuz eslevoient des querelles d'où s'ensuivoient des batteries et le plus souvent à coup de pierre, deschaussiants (1) les rues pour les jecter les uns contre les aultres, de sorte qu'il y en avoit bien souvent des bleschez, voire en péril de mort : ce qui fut la principalle cause de la défence qu'on feit de ne plus faire ces folies.

Et de vous dire l'origine de ceste feste, l'on ne scauroit parce qu'il ne s'en trouve rien par les anciens escript, mémoire ni aultrement, fors que les anciens de ces temps disoient avoir ouy dire de leurs ancestres que ces festes se faisoient pour récréation de ce qu'à pareil jour les Valenciennois avoient gaignée vne signalée victoire contre leur comte et seigneur sans nommer iceluy ni l'année : partant est à croire que cela est frivoleux et que l'origine est venue en bon temps de paix, lors qu'on estoit en plain bien et délices qui ordinairement causent les desbauches.

(1) Dépavar

IV.

Solemnité de la Principauté de Plaisance tenue en Valenciennes.

(1548.)

Aiant *Quintin Coret*, Prince de Plaisance de la ville de Vallenc', veue les bons accueils qu'on luy avoit faict et à ceux de sa suite, en la ville de Tournay, il print résolution de tenir sa fête au jour qu'on avoit accoustumée de faire du passée, sçavoir le dimanche après l'Ascension de l'an 1548, pourquoy il envoia le hérault de ladite ville insinuer icelles tant aux prélats, gentilshommes que voisines villes et aultres qu'il jugea convenir pour l'honneur de la ville. Quand ce vint le samedi xji de may, veille de ladite feste, la trompette alloit de rue en rue pour faire assembler ceulx qui estoient destinés pour aller avec le Prince de Plaisance audevant des Princes et chefs des villes y venans.

Aiant donc ledit prince advis que ceux de la ville de Condé approchoient la ville, il partit de sa maison qui estoit sur le Grand-marché, environ les trois heures après-midy du susdit jour, en la forme et manière suivante. Premièrem' marchoit *le Prévost des Cocquins*, appellé *Pourfrin*, lequel estoit à cheval houssé de verges, cartes et de dés, suivi de nombre de Cocquins tous à pied, vestus des casacques de cannefas bendet de violet, aians leur enseigne desplyée et pour devise : *Noble et cocquin si vertueux se montre.* Après suivoit *le roy des porteurs-au-sacq*, aussy à cheval, habillé d'un sayon rouge bandé de noir, aiant cincquante porteurs-au-sacq qui le suivoient à pied, habillés de mesme et avec leur bannière portant pour devise : *Servans au roy, porteurs-au-sacq sont en vertu.* Par après marchoit *le Prince de l'Estrille*, appellé *Jacques Le Boucq*, fils de *Noez*, jeune homme à marier, lequel avoit prins la place de *Pierre Le Boucq*, qui estoit sur le sainct voyage de Jérusalem. Iceluy estoit vestu du sayon de velour cramoisie figuré et bordé de passement d'or, son cheval houssé de pareil velour semé d'estoilles d'or relevée en broderie. Cinquante hommes à cheval le suivoient tous accoustrez magnifiquem' de casacques verd bordée de noir tant de velour, satin que damas. Leur guidon estoit de taffetas verd et pour devise : *De bonne amour le boucq maintient l'estrille.* Finalement marchoit le susdit Quintin Coret, Prince de Plaisance, aiant devant sa compaignie quatre trompettes sonnans méliodieusem', et estoit icelle de quattre-vingt-dix à cheval esquipé à l'envies et revestu de satin, de velour ou damas violet bordé de velour noir. Le Prince marchoit derrière, vestu d'un sayon de toille d'or et le pourpoint de satin jaune, le cheval de mesme que son sayon avec blanches pannaces, son cheval estoit houssé de pareille toille d'or, et devant luy marchoient quattre laquais vestus de pourpoint de satin violet. Ses deux fils lui servoient de pages estans revestu de satin blanc. Son guidon estoit de damas noir bordé de franges d'or et soye noir, sur iceluy estoient les armes de la ville, aiant en desoubs escript en l' d'or : *Plaisance,* et portoit en oultre pour sa devise : *Coret maintient en paix Dame Plaisance.*

La garde dudit prince estoit, comme de toutte anti-
quité avoit esté, sçavoir *Archers de Ste-Christine*, lesquels estoient aussy à cheval jusqu'au nombre de
vingt-six, tous vestus de sayons bleu bordé de noir.
Leur capitaine s'appeloit *Jean du Joncquoy* et estoit
vestu d'une casaque de satin blancq semé de larmes
bleu en broderie fort richement.

Estant la susdite trouppe arrivée hors la porte tournisienne, le Prince alla saluer, bienveigner *le Prince
de Condé*, lequel entre les villes voisines at tousjours
eu le premier rang. Iceluy estoit jeune homme, appellé *Hubert Cloycamp*, lequel estoit vestu d'un sayon
de velour rouge cramoisie, son chapeau de mesme,
son cheval estoit houssé de drap d'or figuré, et avoit
trois pages vestus de satin janet. Sa compagnie estoit
de cinquante hommes à cheval, lesquels estoient tous
accoustré de jannet bordé de noir, et avoient en leur
blason : *Servant Plaisance, Cloycamp met sa jeu-
nesse*. Les caresses faict, on les acconduit dans la
ville, travers le Marché jusqu'en leur logis qui estoit
le Dromadaire, en la rue St-Géry.

Environ demye heure après, le Prince de Plaisance sortit de rechef par la susdite porte, en tel
équipage, suite que dessus, pour aller recepvoir ceulx
d'Hasnon, appellez vulgairement *les Tost-tournez*,
lesquels estoient en nombre de quattre-vingt-six, tous
à cheval et vestus de rouge avec une bande de noir.
Leur prince estoit vestu de blanc, et avoient pour devise : *Dame Plaisance aux Tost-tournez s'accorde*.
Ils furent pareillem^t acconduitz dans la ville jusques
à leur logis qui est à p^{nt} la brasserie de St-Druon sur

le Grand-Marché. Avec eux furent aussy receu ceux de Raismes qui suivoient lesdis de Hasnon, et estoient seulem' à dix-huit à pied, vestu de verd, aiant des rameaux verd en main, manifestant estre veneurs. Leur capitaine estoit à cheval, vestu d'une robbe de velour noir avec un sayon de mesme bordé de passement d'or, comme aussy le cheval estoit couvert de semblable estoffe et bordure. Iceux furent logés en la maison d'*Amand Crestien*, chastelain de Raismes, proche S'-Nicolas derrière la maison du duc d'Arschot. Ils avoient pour leur devise : *Raismes a vertu puisque Taillebois* (1) *règne.*

Puis furent lesdits Vallenc' comme dessus recepvoir ceux de la ville de Lille, lesquels marchoient en la manière suivante. Prem', vindrent les Sayteurs dicelle ville en nombre de treize, tous à pied, vestus de rouge, aians chapeau bleu. Leur Prince estoit à cheval, habillé d'une casacque de velours noir, et avoit pour sa debvise : *Noiret* (2) *maintient ses suppctz en liesse.* Iceux furent suivis de vingt-ung bouchiers, tous à cheval, habillez de rouge, leur *capitaine* de velour noir, aians en leur blason pour debvise : *Labbet* (3) *à présent maintient paix en règne.* Après suivoient les porteurs-au-sacq de ladite ville, en nombre de trente-huict à pied, tous vestu de rouge. Puis marchoient *ceux de l'Estrille* d'icelle ville, estans à quarante-deux richem' montés, esquipés, vestus tous

---

(1) *Taillebois,* probablement le nom du capitaine de Raismes.
(2) *Noiret,* prince des sayeteurs de Lille.
(3) *Labbet,* capitaine des bouchers de Lille.

de couleur orenge, tant de damas, satin, caffa, qu'aultres estoffes de soye, avoient les chausses blances.
Leur *Prince* les suivoit, aians le sayon de velourd
verd, pourpoint de satin blan. Avoient devant luy ses
trompettes, son hérault, le porteur d'enseigne et deux
pages accoustrés de taffa orenge et avoit la debvise
suivante : *Par bonne amour l'**Estrille** est en vertu.*
Après ceux-cy, suiva *le Prince d'Amour* de ladite
ville de Lille, cy-devant appellé *le Prince des foux,*
aiant quarante-huict hommes à sa bande, tous vestus
de bleu fort richem^t et à cheval, estant ledit prince
vestu d'une casacque de velour verd et son cheval
houssé de velour cramoisie, et portoit pour sa debvise :
Puis que au bosquet (1) *l'amour se tient en joie.*
Estant toutte ceste trouppe acconduit jusques au
Grand-marché, le Prince d'Amour de Lille print son
logis chez *Pierre Le Mesureur*, devant la Maison-de-
ville, celuy de l'Estrille en l'hostellerie du *Cigne* sur
le Marché. Le surplus prindrent logis à leur volonté.
Avec les dis de Lille vindrent quantité de noblesse et
bourgeois d'icelle ville, pour plaisir et veoir ce triumphe, aiant iceux tous pour livrée une escharpe de
soye bleu.

Après que ces bandes furent logées, ce Prince de
Vallenc^s alla de rechef avec les siennes vers la porte
tournisienne pour y bienveigner ceux de Tournay,
lesquels après les carresses faictes entrèrent en la
ville, en la manière suivante. Cincquante-huict por-

---

(1) *Bosquet,* probablement le nom du prince d'amour de Lille.

teurs-au-sacq faisoient la point, estans à pied, vestus
de rouge, aians chapeaux bleu. A leur blason y avoit
ceste debvise : *Martin Anseroce* (1) *maintient porteurs-au-sacq.* Par après marchoit les trompettes et
estendars du *Prince d'Amour* de ladite ville de Tournay, avec soixante hommes à cheval, habillés de rouge
et le chapeau verd. Ledit Prince, suivant derrière,
estoit accoustré de velour verd, et son cheval houssé
de mesme, estant suivi de deux laquais vestus de satin
cramoisé, et son blason portoit : *L'espoir d'amour a
mis Frayères* (2) *en règne.* Tous lesdis de Tournay
furent conduitz jusques à leur logis, qui estoit *la
Rose d'or*, sur le Grand-marché.

Puis on fut de rechef à ladite porte tournisienne,
recepvoir *le Prince de la ville d'Ath*, lequel avoit ses
trompettes marchans devant sa trouppe, qui estoit de
cent hommes à cheval, accoustrés de casacque rouge,
bordé de blanc, le Prince aiant un sayon de velour
orangée, son chapeau et la housse de son cheval semblable, puis une grosse chaîne d'or au col, estant
suivi de deux pages vestus de satin cramoisé, et avoit
pour sa debvise : *Dame servant porte au chapeau la
Roze.*

De là, on fut à la porte d'Anzaing pour y recepvoir
les *Estourdis de Bouchain*, lesquels estoirent soixante-
douze à cheval, tous vestus de bleu et leur *Prince* de
satin blancq, aiant à son blason : *Maintz estourdis*

(1) *Martin Anseroce,* chef des portefaix de Tournai.
(2) *Frayères,* prince d'amour de Tournai.

par Gosseau (1) *sont joieux.* Furent conduitz chez *Philippe Dorville*, recepveur dudit Bouchain, dem* devant l'église de St-Jean. Au mesme temps des susdis, furent aussy receus ceux de Douchi, appellés *les Cornuyaux*, en nombre de vingt-quattre, tous vestus de blanc, aians pour *capitaine* le jeune Sᵍʳ dudit lieu et avoient pour debvise : *De gherre* (2) *a mis les Cornuyaux en paix.* Ceux de Denaing les suivirent avec leur *Prince*, en quantité de cincquante-quatre, tous à cheval, vestus de blancq bordée de noir, aians en leur blason : *Le camp réveille en solas bon voloir.* Ladite trouppe fut logée à l'hostel de Denaing devant l'église Nʳᵉ-Dame de la Chauché.

Finalement sur les six heures du soir, on fut recepvoir en pareil esquipage que dessus, hors la porte Cardon, *l'abbé du plat d'argent* du Quesnoy, lequel avoit vingt-cinq hommes seulement, monté sur des cheval d'oziers. Ils estoient accoustrés de blancq et les houssures desdis chevaux de mesme, aiant pour leur debvise : *Placquet se monstre servant au plat d'argent.* Ce furent ceux qui donnèrent à leur entrée plus de récréation que tous les aultres ; car estans dans la ville, ils allèrent droict à l'abreuvoir sur la rivière d'Escault, se plongeans illecq en l'eauwe jusques à la ceinture, faisans des maintiens qui donnèrent bien à rire. Après avoir achevé, sortirent dégoustans de toutte parte et allèrent ainsi droict à leur logis,

---

(1) *Gosseau,* prince des Estourdis de Bouchain.

(2) Il y avait à Douchy plusieurs fiefs seigneuriaux ; l'un d'eux appartenait alors aux *Grebert* de Valenciennes.

qui estoit la Couppe d'or, en l'arrière rue dit entre deux Maiseaux.

Cela faict, on vint rapporter au Prince de Vallenc* que ceux de la ville de Reims en Champaigne approchoient la ville, au nombre de vingt à cheval, pour estre p^{nts} à ces festes. Suivant quoy il se disposa pour aller audevant, mais il trouva en chemin ung messager qui luy vint dire que lesdis bourgeois de Reims ne permectroient jamais qu'il prendroit la peine de venir audevant d'eux et que s'ils voieoient approcher qu'ils retourneroient d'où ils estoient venu, sans entrer dans la ville : ce qui le feit retourner, et iceux de Reims entrèrent et furent le lendemain au bancquet solemnel avec les aultres.

Le Prince de Plaisance fut lors reconduit à la maison eschevinalle avec le Magistrat et aultres notables de ladite ville. Après lequel repas, ceux de villes et villaiges susdis vindrent les uns après les aultres faire leurs farces et comédies devant le logis dudit Prince, lequel faisoit distribuer à chaque acteur ung cigne d'argent, et puis alloient encore jouer en divers endroicts de la ville, de manière que cela dura jusques vers deux heures de nuict, le tout avec si bon ordre qu'aucune noise ou débat fut veue.

Le lendemain 13 de may jour de dimanche, environ le noeuf heures du matin, le Prince de Plaisance parta de sa maison, pour aler entendre la messe en l'église de St-Jean. Premièrem^t marchoient devant luy quatre trompettes vestus de violet. Par après le hérault dit *Francquevie*, vestu de sa cotte d'armes, puis cent hommes de ses trouppes marchans deux à deux, vestus aussy de violet, puis ses deux fils accomodés comme le jour précédent, après deux pages portant chacun un carreau de velour violet. Lors le Prince marchoit, revestu d'une robbe de velour rouge cramoisie remplie de damas cramoisie, le sayon de toile d'or, les chausses blancs, et tenoit en sa main ung boucquet de fleurs. Les archés de Ste-Christinne le suivoient comme archiés de corps dudit Prince. Durant ceste marche, on carillonnoit par tous les églises de la ville, mesme sur les appeaux de l'orloge.

Estant le Prince arrivé dans l'église, il print place à la dernière forme, du costé droict, tirant vers l'autel, laquelle luy estoit préparée magnifiquem^t. Aussy tost la messe fut encommencée par messire *Nicaize de La Croix,* prieur de ladite abbaye, assisté des religieux, estans les célébrans revestus de casuble thunicques de velour violet relevée de broderie d'or et de soie, et fut icelle chantée en musicque. A l'offertoire, ledit Prince alla à l'offrande, durant laquelle les hault bois joueoient mélodieusem^t. Le tout achevé, le Prince fut conduit à la manière qu'il estoit venu au logis de messire *Ferry de Carondelet,* chevalier, S^{gr} de Pottelles, lequel estoit où à présent est basti le Mont-de-Piété, sur la Cousture, où qu'il disna.

A la mesme heure que dessus, ceux de Tournay, Condé et Hasnon furent entendre la messe en l'église de N^{re}-Dame-la-Grande, tout en tel équipage qu'ils avoient faict à leur entrée. Ceux de Lille furent en l'église de St-Géry. Ceux du Quesnoy et de Bouchain, en la susdite église de S'-Jean. Ceux de la ville d'Ath, en l'esglise des Dominicains et les aultres ailleurs.

Après disner, l'on ne voioit que jeuz tant par devant le Prince, que devant la maison eschevinalle et aultres lieux de ladite ville, et donnoit ledit Prince à chaque acteur ung lion d'argent.

Sur les six heures du soir, le Prince de Plaisance s'estant peu auparavant rendu dans l'hostel de Pottelles où il avoit aussy disné, comme dessus est dit, tous les princes et chefs estrangers le vindrent chercher pour le conduire au lieu où se faisoit le souper d'honneur, qui estoit la Halle-aux-Laisnes, située sur celle au bled, laquelle place estoit tendue de riches tapisseries de boult en boult, et par dessus icelles des chandeilliers de cuivre avec chandeilles ardantes, oultre plusieurs grand candelabre pendu parmy ladite place, avec quantitée de chandeilles. Au bout d'icelle place estoit eslevé ung petit théatre de bois, eslevé de quattre à cincq pas, sur lequel estoit dréchée la table d'honneur d'iceluy Prince, aiant la dosière de son siége tendu d'un drap d'or et vis d'icelle estoit ung buffet sur lequel estoient les argenteries servan'e à ladite table, personne du Prince seulem'. A la boult de la place, y avoit ung aultre grand buffet de parade aiant onze marches tous chargée de riches couppes, vasseles et aultres argenteries, au dessus duquel estoient posé les armes de la ville entourée d'un chapeau de triumphe, et par bas estoit tendu d'un drap d'or figuré. Ce buffet estoit gardé par aucuns gens armés de toutes pièces, aultres alentour tenans torses et flambeaux pour esclairer les environs, et derrière iceluy y avoit ung théatre hault eslevé où furent posés les trompettes et haultbois qui estoient environ cinquante. Puis y avoit quattre tables, chacun d'un boult à l'aultre de ladite place, pour y asseoir ceux venus des villes estraugères et aultres.

Revenant à la conduit du Prince, la marche fut en la manière suivante : Premier, le Prévost des Cocquins de Vallenc* avec ses gens, puis ceux de Douchy, de Raismes, Denaing, Hasnon*, Quesnoy, le prince d'Ath, les porteurs-au-sacq de Lille, les sayeteurs, les bouchiers, ceux de l'Estrille et puis le prince d'amour de ladite ville de Lille, avec chacun tous leurs gens de mesme qu'à leur entrée. Par après, les porteurs-au-sacq de Tournay et le prince d'amour. Puis suivoient ceux de Valenc*, à sçavoir : les porteurs-au-sacq, ceux de l'Estrille, le Prince pour le dernier, environné de sa garde ordinaire, à sçavoir des archers de Ste-Christinne. Ceux de Bouchain et de Condé ne volurent marcher avec les susdis, se doeillans que l'on n'avoit gardé l'ordre à l'appel, aiant esté semoncés pour marcher après ceux de Hasnon, au lieu que de toute ancienneté ils avoient accoustumé aller après ceux de Tournay, de Lille. De quoi la faulte fut faict par l'hérault, lequel n'avoit prins égard aux ordonnances anciennes, ains s'estoit réglé suivant sa caprice, pourquoy remédier le Magistrat donna à iceux un acte de non préjudice, avec quoy ils se contentèrent.

Le Prince arrivé en la place du bancquet, il y trouva les Abbés de Hasnon, de Vicoigne et de St. Jean, y invités avec les anciens prévosts, si comme :

Sire *Nicaize Chamart*, prévost régnant, sire *Jacques Le Poivre*, sire *Loys Rollin*, sire *Nicolas du Puche* et sire *Pierre Le Liepvre*, avec plusieurs aultres chevaliers, escuiers et notables bourgeois, lesquels le susdit Prince bienveigna tous. Puis après les lavemens des mains, iceluy Prince print sa place au siège sus allégué, aiant à ses costés les prélats, anciens prévosts, noblesse, princes, prévosts, seigneurs des aultres villes, estant à noter que devant le Prince personne ne print siège, ains demeura la place vuide, n'y aians que l'un des rang de la table furny d'hommes. Le surplus print places ès aultres tables, et fut trouvé y avoir en tout le nombre de cinq cent soixante deux hommes à table et à chacun deux vaisseaux d'argent, l'un leur serva pour le vin et l'aultre pour la bière, sans ce pendant en avoir esté osté aucuns desdits bufets. Les mectz furent magnifiques à l'advenant de la feste. La chambre de S¹-George servoit de bouteillés pour y retirer les viandes, faire manger les serviteurs, se passant le tout en très bel ordre, sans qu'aucuns personne eult eu occasion de plainte, estant chose fort remaquable que les personnes comis à avoir le regard sur tout, tindrent si bon règle et police, qu'il n'y eult pas une seule pièce d'argenterie perdu, combien qu'il en avoit de compte faict jusques au nombre de dix sept cens pièces, touttes appartenantes à ceux de la ville, qui les avoient libérallem¹ presté pour rendre ceste solemnité tant plus solemnelle.

Après le repas, selon l'ancienne coustume, tous les Princes et prévosts estrangers vindrent les uns après les aultres faire leurs présens au Prince de Vallenc*, y joindans leur blasons et debvises. Cela faict, chacun se retira.

Puis, le lendemain après midy, chacuu parta la ville en mesme ordre qu'ils y estoient venus, comme aussy reconduits par le Prince de Vallenc˙ et ses trouppes jusques aux portes, et au prendre congé, on jectoit quantité de deniers d'argent nouvellem˙ forgée, sur quoi le peuple crioit : *Largesse ! Largesse du Prince de Valenc˙ !*

Voyla la fin de ceste feste, qui à la vérité cousta bien cher audit Prince, et fut trouvé que Jacques Sanglier avoit très bien faict de s'en déporter avant attendre ce coup. A la vérité, c'estoit une despence fort inutil et dangereuse pour le temps auquel commençoient à naistre les hérésies, lesquels faisoient prouffit ou bien induisoient le peuple à faire ces bauderies et dèrision bien souvent de notre S˙ religion, ce qui ne fut aussy espargné à ceste feste de Valenc˙, où on veit ceux de la ville d'Ath, soub le nom d'un *abbé des pau-pourveus*, accompagné de xxv compagnons habillés en religieux, bénir un puit, y exerçant mille niaiseries pour faire rire le peuple. Ceux du Quesnoy ne firent guère moins, non plus qu'aucuns aultres, qu'aime mieux laisser en arrière que de les remémorer.

Douai. — Imprimerie de L. Crépin, 23, rue de la Madeleine.